Claudio Lier

EL SISMÓGRAFO VITAL

Platero
COOLBOOKS

Título: El sismógrafo vital

Primera edición: febrero, 2024

© 2024, del texto Claudio Lier.

© 2024, de la edición, maquetación y diseño Platero CoolBooks.

© Platero Editorial S.L.

Glorieta Fernando Quiñones s/n .

Edif. Centris, planta 2, módulo 10. 41940 Tomares (Sevilla)

info@plateroeditorial.es

www.plateroeditorial.es

Diseño de portada: Platero CoolBooks.

Printed in Spain-Impreso en España

ISBN: 978-84-10062-02-3

A mamá.

Prólogo

La obra nos presenta a un solitario escritor que sufre un bloqueo creativo desde hace más de tres años. A causa de ello, pasa los días en un piso-chatarrería lleno de objetos con los que inicia conversaciones sin respuesta. Observemos que el objeto cobra en esta obra una importancia vital, pues este es la causa y la consecuencia de su propia tragedia. Dado el hecho de que el ser humano es un ser social, la consecuencia del aislamiento es precisamente perder aquello que le hace humano, convirtiendo así a nuestro protagonista en un ser más cercano a un objeto-parlante, un ser objetivizado, que a un *Homo sapiens*. Y la cosa empeora, ya que, a causa de ser un objeto-parlante, se vuelve impotente. Impotente porque el objeto no tiene más voluntad que la de permanecer eternamente inmóvil, lo cual hace que nuestro escritor sea incapaz de hacer nada, ni leer, ni escribir, ni siquiera escuchar música.

De este magistral modo, el autor expone en apenas un par de páginas el triple vector que define la modernidad: personas aisladas, objetivizadas e impotentes. Sin embargo, aunque el objeto sea el centro neurálgico de su desgracia, es también este el que, paradójicamente, logra arrancarlo de su triste situación. La verdadera historia empieza con la aparición de un sismógrafo sobrenatural. Así es como una novela que se presenta con el más irónico de los realismos posibles —un retrato del hombre de nuestros tiempos— se transforma en una aventura a medio camino entre la fantasía y el simbolismo. Y ya desde Freud sabemos que no podemos desestimar nuestras fantasías, pues estas representan los deseos inconscientes de una vida carente. Por este motivo, todo lo que ocurre tras la aparición del maravilloso sismógrafo no es más que una lucha del protagonista por dejar de ser un objeto y recuperar así su humanidad perdida.

Y, aunque el contenido de la obra sea interesante, su forma lo es todavía más. Tal y como ha explicado su autor desde el inicio, estamos ante un experimento mass media donde los fragmentos que componen la novela son publicados en redes sociales inmediatamente después de ser escritos. Este aspecto, que en primera instancia puede parecer superficial, presenta una novedad sin precedentes en el mundo editorial, ya que la tradición escrita se caracteriza por distinguir el proceso de escritura del de publicación, permitiendo así una creación pausada donde existe la posibilidad de la corrección. Esta novela, en cambio, subyuga la publicación a la inmediatez, suprimiendo así el espacio entre el pensamiento y la palabra pública. Podríamos entender este fenómeno como algo similar a lo que ocurre en el terreno de la oralidad, donde la palabra recitada es incorregible, motivo por el cual me gusta decir que esta novela esté escrita «como si fuera hablada».

Que el autor haya elegido este formato nos habla de su voluntad por someterse a los errores —y aciertos— de cada palabra, cada frase y cada idea. Arriesgándose así a grabar para la eternidad lo que se ha escrito en el momento, lo cual, me atrevo a decir, convierte esta pieza en la primera novela performativa hasta la fecha (al menos que yo conozca).

Pau Gilabert Martin,
Politólogo y Filósofo

Índice

Prólogo..7

El sismógrafo vital..13

Crónicas de la mujer sin huesos.................53

El sismógrafo vital

En algún sitio había leído aquella frase sobre la «metáfora inacabada», quizás como una breve y precisa definición acerca de la obra de Kafka, y pensado también que, si quería aburrir a alguien en este oficio de escritor, lo mejor era contarlo todo.

Descartados varios proyectos de novelas superlativas en las cuales había intentado contarlo todo, caí a cuentas que esas cientos de carillas eran realmente aburridas y, como Tabucci decía, «hasta triturables».

Fue por esos años cuando descarté al narrador omnisciente y preferí dejar de ser un minidios que todo lo veía y lo sabía. Pasé a la clásica figura de la primera persona. Aunque no tenía nada que contar. Me embargaba la idea de que corrían años de «metáforas efímeras y completas».

Pensaba que a muy poca gente le interesaba leer algún tipo de historia si todo estaba en Google. ¿Qué necesidad había de viajar a la Isla del Tesoro o al Centro de la Tierra si lo podías googlear?

No eran tiempos para «metáforas inacabadas» que luego el «ávido lector» podía completar. Todo, debido al fenómeno de redes, debía ser mostrado al completo de forma efímera, superflua e instantánea.

Con el abrigo de primera persona puesto, comencé

a dar paseos nocturnos, en busca de al menos una historia que valiese la pena contar. Fue casi a los tres meses de andar y andar de noche por Madrid recopilando historias de taxistas, gente solitaria y practicantes del Tarot cuando lo vi, estaba tirado junto a unas cajas y restos de una obra: un sismógrafo estropeado y analógico.

Decidí llevarlo a casa. Lo limpié y ajusté siguiendo instrucciones que vi en un tutorial de YouTube. Pasaron semanas, cuando la aguja comenzó a marcar en el papel. Una línea recta y continua. Hasta que el sismógrafo comenzó a actuar de forma extraña.

Esta es la historia del sismógrafo vital, quizás a alguien le interese leerla, más, si se trata de predecir terremotos vitales…

Lo ubiqué en el pequeño cuarto de los trastos, junto a cajas con vinilos, películas en DVD que jamás vi y sobre una pequeña mesa donde habían otros aparatos de medición, algo rotos y oxidados que, al igual que el sismógrafo, había encontrado en parcelas abandonadas o casas en demolición, como el medidor de salinidad en agua, que lo había, podríamos decir, sustraído de una vieja casona abandonada, trepando un muro medianera y colándome por una ventana rota.

Tenía más objetos de medición, me habían fascinado desde pequeño. Más adelante haré un listado. No viene al caso describirlos ahora porque de todos ellos, apilados uno encima del otro, llenos de óxido y faltándole quizás las piezas necesarias para su normal funcionamiento, todo aquello no era más que basura.

Hice un pequeño espacio sobre la mesa y allí ubiqué el sismógrafo. «Te quedas aquí con tus amigos. Ellos, al igual que tú, en algún tiempo midieron algo, alguna intensidad, un porcentaje, una casualidad improbable, o lo que sea, pero, como tú, hoy no sirven para nada», dije. Y le quité algo de polvo con un paño amarillo que había sobre una de las cajas.

Al salir, aquello estaba tan atestado de cosas que tropecé con una de las cajas y cayó, no sé de dónde, un facsímil pequeño de tapas amarillas donde venía el cuento *El cuervo*, de E. A. Poe. En ese momento, el sismógrafo comenzó a emitir una luz roja oscura, muy oscura, como si el cuarto se hubiese llenado de plasma lumínico. «¿Es el alma de David Lynch?», dije a nadie.

Al instante desperté. Pensé, quizás me habría dado un golpe y toda aquella roja escena no habría sido más que parte de un extraño y breve desmayo. El pequeño cuarto de trastos estaba donde se formaba la caída de techos de la buhardilla, donde vivía desde hacía más de tres años, y las gruesas vigas de madera que soportaban el techo estaban a la vista: más de una vez había dado sendos cabezazos con ellas.

Me levanté, cogí el facsímil de Poe y una pila de cajas mal apiladas se vino abajo. «Debo sacar cosas de aquí», pensé y me acerqué al sismógrafo, quería ver dónde estaba la lámpara que había provocado aquella roja y oscura luz tipo etérea placenta. Levanté el armatoste, miré abajo y no había ninguna lámpara, candelabro ni vela de rojo fuego sangre. Nada de nada. Tal vez la luz roja fue parte del microsueño en el que caí.

Comprobé que habían pasado unos diez o quince minutos desde que le pasara el paño amarillo al aparato y el posterior «¿semidesmayo?». ¿Lo del desmayo lo estaba inventando para evitar darle una explicación lógica a todo aquello? ¿Debía llevarlo quizás al lado místico? ¿Habría sido una revelación por parte del aparato? Pensé en Bertrand Russell y su ensayo *Misticismo y lógica*, quizás allí habría una respuesta.

Salí del cuarto y, al cerrar la pequeña puerta, no me animé a mirar hacia dentro. Fui al mueble de los libros. Aunque no los tenía ordenados ni por autor ni por temática, sabía dónde estaba *Misticismo y lógica*. Sí, al lado de *Las palabras y las cosas,* de M. Foucault. De pronto, un hueco, el libro no estaba.

Pensé en el *Cazador azul* de «san» Roberto Calasso, que también habla de «mitologemas y sociedad», y tampoco estaba. Me senté en el sillón. Estaba agotado. ¿Qué estaba ocurriendo? ¿Había prestado esos libros? ¿A quién? Desde hacía más de tres años que no tenía amigos ni amigas, que no hablaba con nadie excepto los objetos de esta pequeña buhardilla.

Al comienzo con los más pequeños y rutinarios como la taza de café, el reloj de pared y, al tiempo, con estos más complejos artefactos de medición que había comenzado a acumular, encontrados por allí, tirados, estropeados, rotos, quizás con la única intención de forjar un diálogo algo más elevado. Aunque, como cabía esperar, sin retórica alguna. Pensé que por aquellos días había tanto correccionismo político que era por esto que los objetos no respondían a nada.

Apenas tuve fuerzas para estirar el brazo y coger el único vinilo de Chopin que tenía y ponerlo. ¿Qué estaba pasando? ¿Me estaba volviendo loco de tanto hablarle a cuatro paredes y objetos de medición?

Todo se reducía a que llevaba más de tres años solo. Leyendo, intentando romper un bloqueo como escritor que se prolongaba en el tiempo y del cual solo quedaban decenas de libretitas con inicios de novelas, relatos, cuentos, e incluso un ensayo, que jamás terminaba.

Escuché el *Nocturno N°6 en G Menor* y, como siempre, así también como cuando intentaba escribir algo nuevo, caí dormido.

Al rato, sonó el teléfono. Desde que me había instalado en aquella buhardilla de calle Espada 12, la misma en la que había vivido mamá, no tenía ordenador, ni wifi, ni teléfono móvil. Solo el teléfono fijo donde, al otro lado, la voz de Hugo Cataldo (podría decirse mi editor o proveedor de trabajos varios) sonaba como siempre, áspera y gruesa.

«Entiendo que aún sigues con el bloqueo, como desde hace tres años. Tengo un trabajo para ti», dijo Hugo sin siquiera decir «buenas tardes». «Si es una corrección, preferiría no hacerla», aclaré y noté que la voz salió quebrada, quizás por lo que acababa de pasar tan solo un rato antes con el sismógrafo.

«Se trata de una biografía», dijo Hugo. «No soy biógrafo», respondí. «Nadie lo es», terminó diciendo Hugo y cerró la llamada explicándome que en breve enviaría un sobre a casa con todos los detalles del «encargo». También, cada vez que llamaba, al finalizar decía todo aquello de por qué había decidido vivir como en los ochenta, sin móvil ni nada de internet.

«No lo decidí, simplemente se ha dado así», dije, aunque creo que ya había colgado y no oyó esto último. Preparé café. ¿Una biografía? Eso es imposible. Nadie puede retratar lo que no se ve, pensé. Por cierto, lo de rechazar todo tipo de correcciones es fácil de explicar y, como el resto, también ocurrió hace casi tres años.

Cogí un encargo de Hugo para corregir una novela corta del escritor Joaquín Villafañe: *El último botín del ego*. A primera vista, aquello me parecía más un libro de autoayuda o de estos que ahora hay cientos y dicen llamarse de «*coaching*». Y no, supuestamente era una novela. Trabajé unas cuantas semanas en las respectivas correcciones e hice la devolución al autor.

A los meses, me enteré que Villafañe, una buena mañana, dejó de salir de la cama, de afeitarse, dejó de desayunar, comer, escribir, cenar; dejó de leer también, y murió.

Durante un tiempo se me cruzó por la cabeza la

idea de: ¿Villafañe había muerto por mis correcciones? Eso era un disparate. Pasé por delante del cuarto de trastos. Volví. «¿Entro?», pregunté al florero del minipasillo. Y entré. Allí estaba. Lumínico, hermosamente rojo. Esta vez vibraba. Sí, por primera vez, después de tres años hablándole a todos los objetos de esta pequeña buhardilla, uno contestaba por primera vez.

La aguja comenzó a moverse. Una vibración lenta, aunque punzante. Esto fue lo que escribió:

«WQQv».

Se detuvo. Y al momento, otra vez la roja y oscura luz tipo placenta. Esta vez sentí el calor en la cara de tremendo resplandor. También el olor. Aquella emanación olía a putrefacto. Era un olor horrible. Cargado, pensé, de azufre y a saber qué componentes más.

«¿Sabes qué es este tufo?», pregunté al medidor de gases que había encontrado en un edificio derruido en las afueras de la ciudad que había sido antes un psiquiátrico. Y el aparato, como era costumbre, permaneció taciturno. Quedo. Mudo.

Me cubrí la cara y, como pude, cogí la hojita debajo de la aguja. Ardía. Con el mismo paño amarillo de antes, evité quemarme los dedos. Y casi arrastrándome, porque la luz roja placenta también era vapor de fuerte olor a azufre y a saber qué más, logré salir de aquel pequeño cuarto pseudoinfernal. Cerré la puerta. «¿Has visto?, ¡lo hemos logrado!», exclamé a un búho de cerámica que mamá tenía en una de las paredes del pasillo y que, según ella, servía para colgar abrigos.

Jamás colgué nada allí. Quizás por esto último, al búho toda mi hazaña le daba realmente igual. Fui al salón. Otra vez caí agotado. Me costaba respirar al haber tragado algo de aquella roja nube. Dejé la hoja sobre la mesilla de cristal. Ya habría tiempo de analizar el mensaje. Estaba extasiado y exhausto. Otra vez el mismo vinilo de Chopin. Sonó alguno de sus andantes con moto, que no pude reconocer por el mareo.

Como en las veces anteriores, y casi como cada vez que intentaba escribir algo nuevo, caí dormido…

A los días de estar con esas letras dándole vueltas en mi cabeza, llegó el sobre de Hugo. «Confidencial», decía en letras rojas, y esto me causó gracia. Tomé todo aquello como quien va a dar un paseo por un parque donde hay un tiovivo girando y girando, siempre vacío. «¿Por qué pensé en un tiovivo?», pregunté al Buda que mamá había colocado justo a la entrada. Y como siempre, en su más perfecto estado de iluminación, no respondió.

Se trataba de una mujer de nombre Elsa Manfredi, «editora independiente que en los ochenta había promovido la poesía punk y de extrarradio», decía en el sobre. Y el domicilio actual donde debía ir a «¿entrevistarla?» para la futura biografía, por suerte, no era en el extrarradio, sino más bien cerca de casa.

Hablé con ella y quedamos para esa misma tarde. «¿Crees que es posible una biografía? Siempre habrá una parte que Manfredi jamás contará, o el hecho que sus anécdotas, sucesos o lo que fuese que ella contase, pasarían por mi filtro y ya no sería cien por cien objetivo lo que escribiese acerca de ella», planteé al microondas, y después de ofrecerme el café caliente, no dijo nada al respecto.

Manfredi vivía en un tercer piso, en un bloque cerca de la glorieta de Bilbao. Previo presentarnos, dijo que había preparado té. «Me hace mucha ilusión que el autor de *La congoja de la roca* se haga cargo de mi biografía». «Soy un improvisado en esto. Hugo me habló de usted y de este trabajo, aunque nunca he hecho algo similar, le soy sincero», dije. «"Porque cuando menos lo pensamos, es la roca la que nos atraviesa como a un río…", ese final es uno de los mejores que he leído en mi vida», agregó ella mientras me acercó un canapé. «Gracias, pero nunca estuve satisfecho con el resultado final de esa novela y, aparte, me ha generado un bloqueo que ya lleva más de tres años», agregué.

El piso de Manfredi era realmente amplio, lleno de ventanales, y desde donde estaba sentado alcancé a ver «el enchufe» de la Plaza Colon. En las paredes habían portarretratos donde en la mayoría aparecían dos sujetos abrazados, mirando a la cámara. Era extraño cómo estaban dispuestos los cuadros, sobre la pared derecha aparecían siempre vistiendo trajes y corbatas, en cambio, en los de la pared izquierda salían vistiendo unos extraños uniformes multicolores y con cascos en las manos.

«¿Le causan gracia? Está en todo su derecho. Son mi marido e hijo. A la derecha cuando eran personas respetables del mundo editorial y promovían a autores noveles, escribían ensayos, organizaban tertulias, ferias de usados. En la pared izquierda, que es lo que hoy son, cuando decidieron, y no sé de dónde sacaron esa descabellada idea, hacerse "Hombres Bala"».

Quedé consternado. No sabía si comenzar la biografía con esto último o reír, llorar también, porque cuando dijo lo de los «Hombres Bala» vi caer una lágrima desde el rostro de Manfredi sobre la taza de té.

Permanecimos en silencio un buen rato. «Perdone, olvidé el grabador y creo será mejor grabar lo que me cuente antes que escribirlo», dije por decir algo. «Será mejor, sí», agregó ella con la voz quebrada.

Salí, previo despedirnos y quedar para dentro de dos días. Decidí volver andando. La cabeza me daba vueltas. Pensaba que desde que había encontrado el sismógrafo todo había comenzado a adquirir un grado de surrealismo que antes no vivía. O quizás siempre había estado allí, y ahora el aparato, que en sus días nobles había detectado terremotos, era también capaz de hacerme detectar en mí lo circense de esta vida. Lo ridículo de todo aquello que persiguiese algún sentido.

Cada tanto, en alguna esquina, miré hacia arriba, con la absurda intención de ver, quizás, a Sr. Manfredi & Hijo cruzar el cielo de Madrid como sendos hombres bala, dándole algo de color a esta gris ciudad con sus coloridos trajes circenses.

Y no, solo eran palomas.

Siempre habían sido palomas.

Nada más.

Cuando llegué a casa busqué el radio grabador. Un antiguo radio portátil con reproductor de cintas casetes. Igual que el resto de objetos que había en el cuarto de los trastos, lo había encontrado tirado en una parada de taxis, cerca de Embajadores. Durante unas semanas, había grabado unas respuestas perfectamente calculadas para que cuando yo le hablase, con solo darle al Play, el aparato respondiese.

A los días de mantener la misma conversación, y con cierta pereza por no grabar unas nuevas, fui dejándolo de usar. Hace unas semanas atrás, lo busqué otra vez para grabar ideas de algo nuevo para escribir. Aunque me embargaba otra vez aquella frase de «la metáfora inacabada» acerca de la obra de Kafka, y se me iban las ganas de escribir. El bloqueo seguía. Y no me quedaba más remedio que hablar con los objetos de esta buhardilla donde alguna vez había vivido mamá.

Fui al cuarto de los trastos. El mismo estaba donde se producía la caída del techo de la buhardilla y más de una vez me había dado golpes en la cabeza con alguna de las vigas de madera que estaban a la vista. Entré, sin temor esta vez, más bien con cierta alegría. Por primera vez uno de los tantos aparatos que allí guardaba me había respondido. Había dicho algo. Y era el sismógrafo.

Esta vez permanecía mudo. Quieto. Quedo. Con su aguja-lengua sin emitir signo alguno. Aún permanecía el olor a azufre de la última vez que decidió hablar, o mejor aún, escribir algo, volviendo cuasi amniótico aquel pequeño sitio. El cuarto tenía un ojo de buey que estaba en medio de dos cabos de madera que hacían de vigas del techo. Para llegar a él, había que ir casi en cuclillas, pues era la parte baja del muro en su encuentro con el techo.

Casi de rodillas, y apartando varias cajas, decidí abrirlo para ventilar. Fue en ese momento en el que lo vi. Abajo, en el edificio de enfrente, en los bajos que siempre habían estado cerrados, al menos desde los tres años que yo llevaba viviendo aquí, una ventana esta vez permanecía abierta. Y se alcanzaba a ver, desde mi perspectiva, una mesa de trabajo negra pegada a la ventana donde había una pantalla de ordenador, un teclado, cuadernos, hojas.

De pronto, unas manos con guantes de látex comenzaron a teclear. La ubicación en la que yo estaba no me permitía ver al sujeto de cuerpo entero. Solo sus manos, que iban de aquí para allá, del teclado a tomar notas en alguno de los blocs. Abrían cajones debajo de la mesa. Todo con cierto nerviosismo y meticuloso cuidado. Apuntó algo. Y pegó el pósit en el cristal de la ventana.

Luego, esas manos envueltas en látex desaparecieron de la escena. Nuevamente, la mesa negra con sus objetos de oficina, sin nadie. «¿Por qué alguien haría todo con guantes?», pregunté al sismógrafo. Y, esta vez, prefirió no responder. Era obvio, él ya me había dicho algo: «WQQv». Y de mi parte no había recibido ninguna respuesta a esas cuatro letras. «Sí, querido sismógrafo, estamos teniendo problemas de comunicación», dije. Y salí del cuarto.

Una vez más, cerré el cuarto previo saludar a todos los objetos de medición estropeados así en general, como quien saluda al despedirse de una fiesta, reunión o lo que fuese. Tuve la leve esperanza de que el sismógrafo me saludara con su luz roja, emitiendo esas vibraciones y nube amniótica de la última vez, pero no, permaneció taciturno.

Fui una vez más al salón. Y me tumbé en el sillón. Pensé en el mensaje: «WQQv». ¿Qué significaba todo aquello? Salí propulsado en busca del libro *Investigación sobre el significado y la verdad,* de Bertrand Russell, y nada, otra vez un hueco en el mueble de los libros. ¿Qué estaba ocurriendo? ¿Por qué de pronto los libros de Lógica Formal estaban desapareciendo de la buhardilla? ¿Era el sismógrafo que los absorbía para así acrecentar su presencia cuasi mística en el cuarto de los trastos?

¿Alguien tenía una copia de las llaves y cuando yo salía entraba a llevarse aquellos libros? ¿Los cuales ante tanta posmodernidad tardía no valían para nada? Pensé en los Positivistas Lógicos, que reunidos en Cambridge bajo la batuta de Wittgenstein pretendieron un lenguaje solo con signos. Recordé que en el libro anterior había unos ejercicios de Lógica con unas letras parecidas a las que el sismógrafo había dictado con su aguja-lengua.

Volví al sillón. Otra vez Chopin. WQQv. Pensé otra vez en la Sra. Manfredi, y en su lágrima cayendo sobre la taza de té, mientras contaba todo aquello de su marido e hijo, prestigiosos editores vueltos ahora hombres bala. Disparados por cañones circenses. Cascos. Comprobación de traje multicolor. Trepar una pequeña escalera para meterse por la boca de los cañones. Niños y adultos expectantes.

Se enciende la mecha. Cinco. Cuatro. Tres. Dos. Uno. ¡Bom! Un estruendo fortísimo. Humo. Y allí van. Manfredi padre e hijo, surcando el cielo de donde sea. Las manos pegadas al cuerpo. Las piernas juntas. Perdiéndose ambos entre las nubes.

Desperté de ese breve sueño. Y me asomé a la ventana con la intención de ver a los hombres balas, exeditores. Y como siempre, solo había smog, antenas rotas sobre tejados a los cuales les faltaba alguna teja, y palomas, cientos de palomas, a las que imaginé llevarían en sus infectadas barrigas trozos de todos los ansiolíticos que se consumen en las grandes ciudades, y las imaginé defecando Lorazepam a raudales que caía luego sobre las cabezas de los transeúntes bajando considerablemente las tazas de ansiedad en la población civil…

Tenía que atar cabos. WQQv. Los hombres bala atravesando el cielo se la ciudad. La biografía de la Sra. Manfredi. El radio grabador al que le faltaba la tecla de Stop. Y ahora, un condimento más: el sujeto de los guantes de látex, en los bajos comerciales del edificio de enfrente.

Mientras, cientos de palomas, con su defecación, traían calma a tanta falta de lo castizo, a tanto ruido para nada…

Comencé a ir a la biblioteca de Puerta Toledo. A buscar aquellos libros de Lógica Formal que habían comenzado a desaparecer en la buhardilla de calle Mesón de Paredes. Llegué a pensar que quizás era el espíritu de mamá que se los llevaba por las noches mientras yo dormía, para leerlos a saber en qué plano metafísico. También que era el sismógrafo, que los comía o devoraba con su lengua-aguja como una forma de predecir el final de la lógica.

Busqué a Russell, a Wittgenstein e incluso el trata-do sobre el conocimiento de Karl Popper. Pasé horas allí. Prácticamente no los leía, seguía la masiva ten-dencia de «surfear el conocimiento» y solo hojeaba las páginas en busca de alguna coincidencia con aquellas letras encriptadas que el sismógrafo había dictado: «WQQv».

Lo más próximo que encontré fue en un libro de Deleuze, que releía a Foucault, un enunciado que de-cía: «QWERT». Y que no era precisamente un enun-ciado, sino la forma que tenía Foucault de nombrar la posibilidad de un enunciado cuando solo eran las cinco primeras letras de cualquier teclado.

Hojeaba y hojeaba. Los libros que habían

desaparecido en la biblioteca no estaban. Igual, seguía indagando. Iba a la tercera planta, donde había menos gente y por los ventanales podía ver parte de la ciudad. Cada tanto, levantaba la vista, y era cuando a tres mesas más adelante estaba, casi siempre, aquella mujer observándome. Rodeada, también, de libros que, por el tamaño y forma apaisada, deduje serían de arquitectura o diseño.

Tomé notas. Pensé que quizás W era la estela de un vuelo zigzagueante. Las dos Q los cascos de los hombres bala, Manfredi padre e hijo. ¿Y la v? ¿Qué era la v en todo aquello? La idea me pareció descabellada.

Fue a los días de esta rutina bibliotecaria, yendo siempre a paso presuroso, oyendo a Bill Evans en el camino, sentándome al sol un rato antes de entrar en un banco de la plaza contigua, cuando la mujer me abordó a la salida. «¿Es usted el autor de *La congoja de la roca*?», preguntó cogiéndome de la manga del abrigo.

«Sí, soy yo, creo», dije dubitativo ante tremendo embiste. «Lo es, sale su foto en la solapa, aunque allí tiene más pelo». «¿Perdón?». «Su novela me ha bloqueado desde hace tres años. Yo escribía, así, como un juego, inventaba historias, situaciones, personajes, hasta que llegó su novela a mis manos. ¡La leí y desde entonces no puedo escribir más!», exclamó.

«Lo siento, no era mi intención bloquear a nadie. Es más, yo también llevo tres años sin escribir siquiera una línea», dije. Fue cuando me cogió de la solapa del abrigo. «¡Tiene que devolverme el aliento, el soplo, esa voz que antes me dictaba historias!», dijo casi gritando, y algunos transeúntes se giraron a mirar.

«¡Oiga, no puedo hacer nada por usted! Búsquese

un sismógrafo, algo, ¡algún instrumento de medición roto que le devuelva la inspiración!», dije alzando la voz y salí casi corriendo. Sentí primero un golpe en la espalda, luego otro en la nuca. Algo tullido, aunque no duro. Miré a mis costados. Eran mandarinas. Aquella mujer desquiciada me estaba arrojando mandarinas en medio de la calle.

Doblé en la glorieta. Corrí, mucho. Caí a cuentas de mi mal estado físico. Subí a la buhardilla. Estaba exhausto. Otra vez caí en el sillón como un saco de patatas. Puse una vez más Chopin. Esta vez sonó la *Balada N4 en F Menor*. Sí, pensé, el sismógrafo estaba abriendo una grieta por donde un terremoto de lo surreal, ¿inconsciente quizás?, dejaba el magma de lo racional, y subía a la superficie.

Al rato, desperté. Nunca lograba recordar en qué canción del vinilo de Chopin caía dormido. Aunque no era un sueño profundo, se parecía más bien a un estado de duermevela. Muchas veces vi a mamá sentada allí en una situación parecida. Pensé quizás era el sillón. Aún dolía algo el «mandarinazo» de la mujer de la biblioteca. Fui a preparar café. «¿Tú crees que una novela puede provocar un bloqueo a una escritora?», pregunté a la cafetera.

«Fiusshhhhh», respondió ella, y nunca supe si aquello era un sí o un no. Entré al cuarto de los trastos. Allí estaban, bellos objetos de medición rotos y algo oxidados. Y, sobre la mesa, el único que me había hablado en tantos años de mutismo materialista. Me acerqué a él. Esperé la luz roja. Más aquel olor putrefacto mezcla de azufre y no sé más. Su lengua-aguja permaneció quieta. Queda. Muda.

Me agaché para ir a la parte baja del techo y observé

por el ojo de buey. Allí estaba otra vez el sujeto de los guantes blancos. Escribiendo en el teclado. Iba desde el ordenador a una especie de teléfono fijo ubicado en un rincón de la mesa negra. Se deslizaba sentado en una silla con rueditas de esas de oficina. Cada tanto se acercaba a la ventana a pegar algún pósit y era cuando, desde mi perspectiva, alcanzaba a ver parte de su rostro cubierto con aquella máscara con antiparras.

Pensé en estas posibilidades, aquel sujeto era: ¿un hombre del tiempo aséptico?, ¿un ladrón de bancos preparando su próximo asalto?, ¿un taquillero de películas que ya nadie veía?, ¿un vendedor de lotería no oficial que evitaba dejar huellas?

Estaba en toda esta introspección cuando el sismógrafo, una vez más, comenzó a vibrar. Otra vez la luz roja. La amniótica niebla. El olor. Me cubrí la cara con otro de los paños amarillos que siempre había en ese cuarto. Me daba mucha alegría recibir un nuevo mensaje del aparato. Solo que me preguntaba qué necesidad había de hacer todo aquel escándalo.

La lengua-aguja vibró sobre el papel. La niebla se dispersó por el ojo de buey. En cuclillas, y pasando por encima del medidor de hierro en tierra, esquivando un teodolito oxidado de posguerra, más aquella brújula que, me habían dicho, la habían usado piratas que luego naufragaron cerca de la isla de Corvo, llegué hasta el sismógrafo. Algo me clavé en la rodilla derecha. Aunque era tal la emoción por ver el nuevo mensaje que ese dolor me dio igual.

Solo quería ver el mensaje nuevo. No había nada que me diera tanta alegría y paz como recibir un mensaje nuevo.

Allí estaba escrita una palabra o símbolo (¿quizás

signo?) del sismógrafo:

«*».

Asterisco era el mensaje.

Un asterisco. Así, sin más. El segundo mensaje del sismógrafo había sido un asterisco. *. Quedé obnubilado. ¿Debía adherir este mensaje al anterior? WQQv + *. ¿Qué significaba todo aquello? Aunque no significaran algo comprensible, al menos para mí, ver los dos mensajes juntos, así, con el +, resultaba bello para la vista. Algo de estética perseguían aquellas «¿señales del sismógrafo?». Salí del cuarto de los trastos. Otra vez el minipasillo y de nuevo al salón.

De pronto me vinieron a la mente las palabras Instituto de Minas, Geología y Mediciones. «¿Por qué no lo pensé antes?», pregunté al malvón que había cerca del aparato de los vinilos. Obviamente, no respondió nada: le hacía falta algo de agua. Busqué en la guía de teléfono el domicilio de estas oficinas, y salí hacia ese sitio.

Cuando llegué me encontré con un edificio de seis plantas, con sesgos de abandono más un inmenso cartel encima que ponía «IMGM», más una cafetería en la parte baja, que al parecer era lo único abierto en aquel edificio. Entré al local. «Perdone, ¿arriba es el Instituto de Minas, Geología y Mediciones?», pregunté a quien estaba en la barra. «Eso era antes. Desde hace años cerró. Hoy todo está en Google», dijo el barman.

A continuación, señaló a tres sujetos que estaban sentados al fondo, alrededor de una mesa, al parecer jugaban al dominó, y el sol, que entraba ámbar por la ventana, los envolvía en una tonalidad cuasi sepia. Volutas de polvo atravesaban los rayos de sol. «¿Ve a esos tres? Son lo único que ha quedado del Instituto.

El de al lado de la ventana es Minas, el del centro Geología y el de la izquierda Mediciones», agregó señalando a la mesa.

Pensé, quizás lo más conveniente era hablar directamente con el de la izquierda. Sin mayores preámbulos, me acerqué a la mesa y sobre las tablillas de dominó dejé caer el folio. Que por cierto, era la primera línea que escribía en más de tres años.

«WQQv + *».

Mediciones cogió la hoja. La miró un breve rato. Los otros dos pararon la partida y permanecieron en silencio. Yo estaba de pie, casi justo en medio de la mesa. Mediciones, sin siquiera mirarme, me alcanzó otra vez el folio:

«Forbes de segunda generación. Un buen aparato, aunque anticuado para la tecnología actual», dijo sin siquiera mirarme y continuó con el juego de dominó.

«¿Qué significan esas letras más el asterisco?», pregunté casi al borde de los nervios. Mediciones tumbó unas cuantas piezas, las mezcló y alzó la vista para mirarme a los ojos. «Oiga, el aparato, así como los actores y actrices que practican el método, solo está recurriendo a su memoria afectiva, o técnica, en este caso. Serán signos, símbolos de un terremoto que ya pasó. Ahora, coja su hoja y déjenos jugar en paz…», agregó mientras terminó de tumbar el resto de piezas que quedaban sobre la mesa.

Salí de la cafetería. Memoria afectiva, pensé. Caí a cuentas que no debía contarle a nadie más sobre los mensajes del sismógrafo. Y esperar nuevos. O peor aún, esperar el Gran Terremoto de lo surreal sobre los estratos de lo establecido. El triunfo del mitologema, ante tanto pragma y raciocinio…

Volví a la buhardilla. No quería aceptar la deducción de Mediciones y que los mensajes del sismógrafo fueran parte de «la memoria afectiva-técnica» del aparato. El presagio de un terremoto del pasado. También solo les había mostrado el folio, sin contarles los detalles del humo y luz roja que había emitido el sismógrafo las dos veces que había *hablado*.

También, me daba cierto alivio que había vuelto a escribir después de casi tres años de bloqueo como escritor. Aunque más que escribir, solo había transcrito aquellos mensajes. El asterisco tenía cierta cara poética. Volví a pensar en «la metáfora inacabada de Kafka». Él utilizaba, de vez en cuando, el recurso del asterisco.

(*).

Puse una vez más el vinilo de Chopin. Desde que mamá había fallecido y yo vuelto a la buhardilla donde ella había vivido sus últimos años, no hacía más que oír ese vinilo, que era su preferido. Ella amaba el piano. Decía que era el mejor invento que había hecho el ser humano. Sonó el *Scherzo N2 en B-Flat Menor*. Con ese inicio cuasi alegre de notas saltarinas como garzas que mojan sus alas en un lago.

Apunté en un folio estas opciones acerca del asterisco: «*, ¿un asterisco para la vida?». Como diciendo: bien, esta es tu vida, hablas con objetos desde hace meses porque casi ni sales, ni tienes teléfono móvil, ni internet, te forjas una rutina, de lecturas, notas en libretitas para vislumbrar la posibilidad de alguna novela corta, y a todo este sistema de mínimos hábitos de pronto le surge un asterisco.

Bajas al pie de página y al lado del asterisco dice: «* no es su vida, solo ha pulido un perfecto espejo donde se ve reflejado, aunque es todo un engaño. Detrás del espejo (¿o dentro?) cabe la mentira, otras situaciones que usted ni imaginaba que estaban o están ocurriendo, y el espejo se rompe».

«Su tan frágil sistema de valores vitales está allí, mírelo: hecho trizas contra el suelo. Ni el mundo era tan ingenuo ni esa «minivida» que se había creado era tan inocente como usted creía, señor mío», dice el asterisco. Sí, todo esto parece decir el *. Un símbolo de llamada de atención. Presto a hacer otras lecturas de la realidad, con todo el dolor que significa la pérdida de la inocencia.

Quizás, el sujeto de los bajos comerciales, con esos guantes de látex y máscara con antiparras, simboliza esto último: el robo de la inocencia. Y por eso usa guantes: para no dejar huellas en el plan maquiavélico que está perpetrando, con todos esos pósits que pega en la ventana. Y que no es otro, imagino mientras oigo a Chopin, que el asalto final a la alegría.

La clausura definitiva de todos los subes y bajas del mundo. La paralización eterna de los columpios. El desinflado simultáneo de todos los globos de colores que hoy anden por allí, sueltos de piolín. El establecimiento de un nuevo Toque de Queda a la risa honesta. El cierre de las plazas y el no-giro de los tiovivos. Sí, el robo definitivo a la alegría primigenia. Aquella, la del patio del cole...

Quizás, ante este panorama, el sismógrafo viene a decirme (*).

Asterisco: haz algo, te acaban de robar la sonrisa...

Vibra, sacúdete el polvo, que el hombre de los guantes de látex no pueda contigo, y tiembla, tiembla, ¡tiembla!

Procura un terremoto dentro de ti, que haga una grieta en medio de tu pecho por donde aparezcan margaritas, y quien dice, el último atisbo de sonrisa infantil que aún guardas allí, debajo del magma que te han creado tantos años de gente hablando y hablando y metiéndote ideas en el cuerpo, que no hicieron más que aplastar, y casi sepultar, tu única noble intención de seguir riendo como un niño...

Llegó el día que debía ir a lo de la Sra. Manfredi. Para continuar con la ¿entrevista? que me permitiría tener material para escribir luego su biografía. Cuestión que, desde que había recibido el encargo por parte de Hugo, me pareció una actividad no fáctica. Jamás iba a poder saberlo todo acerca de ella. Siempre iba a quedar en su relato aquello que Lacan llamaba «el secreto».

Fui al cuarto de los trastos a buscar aquel radiocasete grabador que una vez había encontrado tirado, semiaplastado o con las marcas aún de algún neumático que le habría pasado por encima. Removí cajas y allí estaba. Para mi sorpresa, tenía una cinta casete dentro. Busqué unos cascos y decidí ir oyéndola mientras me dirigía, a pie, a lo de Manfredi.

Pensé que oiría canciones de The Police, de joven pensaba que los taxistas de cualquier ciudad oirían a The Police mientras conducían por calles al azar. Y no, lo que había grabado en la cinta era algo así:

«A Conde de Casal, por favor», «Hasta el aeropuerto», «Estación de Atocha, si es tan amable», y así. A la cuarta o quinta indicación, me quité los cascos.

Al llegar, Manfredi, como la vez anterior, había preparado té y sobre la mesa había unos bizcochitos de anís. Dije que pondría el grabador, aunque también saqué de la maletita de cuero marrón, con la que sabía ir a todos lados, un cuaderno donde apuntaría «ciertas notas al pie», dije, y cuando dije «pie» ella sonrió.

Habló de cuando organizaba los primeros recitales de poesía de la democracia, en un local cerca de la calle Curtidores. Que allí conoció a Panero, y que también solía ir El Hortelano a exponer sus cuadros. Yo solo grababa, sobre la misma cinta de las indicaciones de taxi, y la observaba en silencio.

Cada tanto ella miraba hacia la pared de la derecha y sonreía. Luego, hacia la de la izquierda y se le caía alguna lágrima sobre los bizcochitos. «No es nada malo que hoy sean hombres bala», dije por decir algo. «No es que me avergüence de que sean arrojados por cañones de un circo. ¡Son esos trajes! ¡Esos uniformes multicolores! ¡Mírelos!». Evité mirarlos porque sabía que si lo hacía soltaría alguna carcajada. «¡Mírelos! ¡Mírelos qué ridículos!».

Fue cuando giré la vista, intenté aguantar, pero no pude. Una carcajada que hacía tiempo quería dar, quizás desde los tres años que llevaba viviendo en esa buhardilla, hablando solo con objetos que nunca respondían, excepto el sismógrafo, que sí había hablado, y bloqueado como escritor, salió propulsada como un torbellino de risa oprimida…

Manfredi lloró aún más alto. Le avergonzaban sobremanera los trajes circenses multicolores de su marido e hijo, respetables personas del mundo editorial en los ochenta y que, un buen día, sin venir a cuento, decidieron volverse hombres bala, y girar por allí en un circo de forma itinerante. Surcando cielos plagados de smog. Irrumpiendo el vuelo de palomas, gaviotas. Dejando estelas de humo detrás de sus piernas.

«Retírese, por favor, y no vuelva más», dijo Manfredi. Cogí mis pocas cosas, la maletita de cuero, y salí. Caminé un buen rato. También agradecí que aquello se terminara. Nadie es biógrafo. Siempre quedará, en el mejor de los sucesos contados, lo que aquella frase decía acerca de la obra de Kafka. «Una metáfora inacabada». Quizás, eso mismo era la vida.

Mientras volví a la buhardilla, a paso ligero, como siempre, até algunos cabos de todo lo que estaba ocurriendo desde que había encontrado el sismógrafo. El estético mensaje: «WQQv + *». Me gustaba el final: más *. El encargo de Hugo para escribir la biografía de la Sra. Manfredi que había llegado a su fin. Su marido e hijo vueltos hombres bala, propulsados por cañones circenses, vistiendo alegres trajes multicolores.

La mujer de la biblioteca acusándome de un bloqueo como escritora al leer aquella novela, ópera prima de mi breve catálogo como escritor. La misma que me arrepiento hoy de haber escrito. Arrojándome mandarinas en medio de la calle. Los tres sujetos de la cafetería: Minas, Geología y Mediciones. Y, por último, el sujeto de los guantes blancos en el bajo comercial.

Había un punto en común entre ellos. Sí, un pequeño hilo conductor. Y era que todos habían aparecido desde que el sismógrafo había dado sus «¿mensajes?». Me conmovía la idea de que el sismógrafo, con su lengua-aguja, estaba detectando otra especie de seísmo, una leve grieta invisible por donde lo surreal, o el magma de aquello que el Logos no comprende, podía salir a la superficie como un nuevo mitologema.

Entré a una cafetería cerca de casa. Saqué el mismo bloc de hojas que había utilizado en casa de Manfredi y comencé a apuntar ideas al azar. Sentí cierta alegría. Estaba escribiendo otra vez después de tres años de bloqueo. Apunté lo siguiente: «Fuera del texto no hay nada», J. Derrida. Esa frase me venía como anillo al dedo con respecto a los dos mensajes del sismógrafo.

Vi, en la otra punta de la barra, a tres sujetos con abrigos largos y sombreros negros. Estaban apoyados de tal forma que dos daban la espalda y tapaban al tercero. Estos dos, parados con las piernas cruzadas, levemente inclinados hacia la barra. Noté que miraban a través del espejo hacia donde yo estaba. Cogí mis cosas y decidí salir del local. No me había dado tiempo a pedir nada.

Cuando llegué a la puerta me abordaron. Eran ellos. Minas, Geología y Mediciones. Esta vez habló Minas. «Oiga, olvídese del sismógrafo». «Solo es un aparato con cierta memoria técnica-afectiva», agregó Mediciones. Geología nunca hablaba, solo fumaba en pipa, una y otra vez. «¿Se siente solo? Aquí tiene tres nuevos amigos. Puede venir cuando quiera a jugar al dominó», dijo Minas, y se alejaron, perdiéndose entre la gente que esperaban para entrar al Teatro Pavón.

Volví a la buhardilla. Al entrar, como siempre, saludé al porta-abrigos que mamá había colocado en la puerta de entrada. Pensé que aquella invitación a jugar al dominó por parte de Minas, había sonado más a amenaza que a algo lúdico. También caí a cuenta que quizás esta actitud de hablar con objetos solo era una cierta intención de querer hablar con mamá a través de los objetos que ella había usado. Como si su esencia aún pululase por la casa, vuelta puro tacto metafísico.

¿Por qué aquellos tres sujetos querían que olvidase todo lo relacionado con el sismógrafo? Tenía el presentimiento de que ellos quizás sí sabían lo que significaba la suma de los dos mensajes: «WQQv + *». Volví a caer rendido en el sofá que usaba mamá, esta vez cambié de vinilo y puse uno de Bill Evans. Piano. Jazz. Hombres bala surcando los cielos. Notas disonantes. Las teclas que no se tocan. Lo no dicho. Lo invisible, como la punta del iceberg, de todo lo visible.

Por la tarde fui a la biblioteca. Recordé lo que había alcanzado a apuntar en el cuaderno en la cafetería. La frase de J. Derrida, y fui a buscar un libro de él que alguna vez había tenido: *Papel máquina,* quizás entre sus páginas podía estar la respuesta a: «WQQv + *». Me conformaba con que solo la hubiese para el asterisco. Entré sigiloso, a paso apresurado, para evitar a la escritora bloqueada.

Estaba el libro, aunque en otra sección que no era Filosofía. Subí a la tercera planta. Volví a recordar la frase de Derrida: «Fuera del texto no hay nada». Sabía que entre tantas palabras y párrafos que parecían repetirse una y otra vez de *Papel máquina,* en medio de tanta verborrea, podía haber alguna clave. Podía haber algún significado a todo lo encriptado del mensaje sismográfico.

Estaba entretenido en ese mar de ideas de Derrida, cuando siento que me tocan, o más bien, alguien me aprieta el hombro. Era ella. La escritora bloqueada. «Tenemos que hablar, esta vez no le arrojaré nada por la espalda, simplemente necesito hablar un momento con usted. Soy Blanca, que el otro día ni me presenté. Lo siento por lo de las mandarinas. Le espero en el café de abajo», dijo de pie mientras hojeó por encima el libro de Derrida. Y se fue.

Dudé un momento en ir al café. Lo mejor era salir

a paso presuroso de la biblioteca y evitar a aquella mujer. Aunque esta vez se había mostrado amable. Calma. Cogí el cuaderno y la maletita de cuero. Y entré al bar. Pedí un descafeinado de máquina y me acerqué a donde ella estaba sentada. «Lo siento por lo del otro día. Ahora quería agradecerle que gracias a su consejo he vuelto a escribir», dijo en cuanto me senté. «¿Cuál consejo?», pregunté haciéndome el distraído.

«El que me dio: consiga un instrumento de medición estropeado, viejo y vuelva a escribir. Busqué en un anticuario del Rastro, una balanza de esas antiguas de aguja. De las que traen una bandeja abajo. E inventé una técnica para romper el bloqueo como escritora. Escribí palabras sueltas, verbos, adjetivos, en pequeñas papeletas de colores. Las pegué al azar, por ejemplo, en 100 g, en 250 g, etc. Me gusta pegar verbos en 1kg...».

«Luego, cojo un objeto cualquiera, un libro, por ejemplo, y lo coloco en la bandeja, la aguja se mueve y marca el peso exacto del libro, la palabra que le corresponde. Y con esto, escribo. Y es un sinfín de ideas. Técnica de literatura creativa al peso, le he llamado», dijo. Y permanecí un buen rato con la taza a media altura. Sí, el sismógrafo estaba detectando, quizás, un terremoto donde lo lúdico trizaba definitivamente a lo pragmático. Estaba consternado.

Me gustó la idea de Blanca de escribir al peso. Una balanza de aguja, palabras donde la escala de gramos, kilos, colocar un objeto y asociar el peso de este a la palabra que marcara la aguja. *Libro cárnico,* fue la combinación que le sirvió como disparador de la novela que había comenzado a escribir.

«Va de una mujer que colecciona libros "extraños o

apócrifos", y en una librería de extrarradio encuentra una novela corta de nombre: *Libro cárnico*, anónimo, le llama la atención y lo compra. A medida que va leyéndolo nota que primero desaparece el gato, luego el hámster y, por último, la perra que le acompañaba desde hacía años. Y a la vez que avanza en la novela, salen en la trama estos animales», dijo entusiasmada.

«No me diga que al final se la come a ella también», dije. «Eso sería un final obvio. El libro estará dividido en dos partes: la novela en sí y final. Y luego, la segunda parte comienza diciendo: "si su nombre se encuentra en la siguiente lista, estimado/a lector/a, en breve será devorado por este mismo libro cárnico"», aclaró y la idea me pareció muy buena. «Excelente», dije. Y Blanca propuso vernos al martes siguiente. Para seguir contándonos «nuestras novelas».

No entendí bien a qué se refería con «nuestras novelas», porque nunca le había dicho que estuviese escribiendo algo. Que lo único que había escrito en más de tres años eran unas letras que un sismógrafo me había dictado, más un asterisco y una frase que no era mía. Y que quizás lo más poético de todo aquello era el asterisco.

Hablamos un poco más. Aclaró que la segunda parte del libro cárnico sería el doble de extensa que la novela en sí. Pensé que una vez saliese aquella novela jamás la compraría. No quería verme siendo mordido por un libro en horas de la noche, mientras dormía. Había un detalle importante: Blanca sabía mi nombre.

Decidí sentarme en el banco de madera donde casi siempre me sentaba antes de entrar a la biblioteca, en la plaza contigua. Había algo de sol. Ese sol de otoño de Madrid que parece va a dejarte atrapado en una cápsula ámbar de cándida nostalgia para siempre. Esa tenue luz que cae casi oblicua. Miré a un costado. Fue entonces cuando sucedió el milagro: un niño, con un palito, escribió sobre la tierra: «WQQv».

Faltaba el asterisco… Volví a la buhardilla. Quise asociar lo que acaba de ver con el mensaje del sismógrafo. ¿Quizás era el advenimiento de la inocencia el terremoto simbólico que estaba anunciando el aparato? Caí, otra vez, pesadamente sobre el sillón. Quise ir a la habitación. Comprendí que desde que llevaba viviendo en ese microespacio, casi tres años, nunca había dormido en la cama.

Era extraño esto último. Tal vez, de forma inconsciente, no quería desarmar la última silueta que había dejado mamá sobre la manta. Pensaba que esa sutil forma, cien por ciento algodón, era lo que ella había sido en toda su vida: un símbolo de paz. Una mujer que no andaba envuelta en «*en el chisme*» y en nada que estuviera más allá de lo que ella amaba hacer: tocar el piano.

«Aprende a estar», me había dicho de niño. Y fue quizás el mejor consejo que me habían dado jamás. No fue «a ser». Eso ya me lo enseñaría la escuela y la cultura con todo su malestar. Si no era «a estar». Cogí esta vez un vinilo de Schubert que había en la caja de los vinilos. Y volví a pensar en los cabos sueltos que habían surgido desde el encuentro del sismógrafo.

La mujer de las mandarinas ahora tenía nombre y había vuelto a escribir. Los tres sujetos del instituto de Minas, Geología y Mediciones: ¿eran amigos o realmente sabían algo del sismógrafo que yo ni debía saber? ¿El sujeto de la ventana del bajo comercial era un ladrón de bancos? ¿Los hombres bala qué cielo surcarían? ¿Y la Sra. Manfredi, se había quedado sin biografía o directamente sin vida?

Estaba en toda esta introspección, cuando sonó el único medio que tenía por entonces para comunicarme: el teléfono fijo color rojo que usaba mamá. Era Manfredi. «Me dio su número Hugo. Quiero retomar lo de la biografía. Aunque para evitar que se ría frente a mí, la haremos por aquí, es decir, por teléfono. Le llamaré todos los martes a las dieciséis», dijo. Y colgó.

Al martes siguiente, sobre las dieciséis, que era la hora en la que el sol sabía entrar por la ventana de una forma cuasi ámbar y daba de lleno sobre los libros, Manfredi llamó. Era más cómodo trabajar así. Sin salir. Ella llamaba y yo solo tomaba notas. La conversación-entrevista era más fluida de este modo. Yo solo escuchaba. Había veces en las que la Sra. Manfredi parecía sentirse más introspectiva y hablaba de una forma bastante literal.

A veces, el teléfono parecía hacer algunas pequeñas interferencias, como si se acoplara otra línea en la llamada. «Fue a finales de los ochenta cuando quise organizar aquel recital poético en la Plaza del Dos de Mayo, al aire libre, al que asistiría Ana Rossetti...», estaba diciendo Manfredi cuando la interferencia se hizo algo más intensa y sonó aquella voz: «Todo eso es mentira. Todo lo que está contando Manfredi es mentira. Nunca organizó nada», dijo la voz. Yo permanecí atónito.

Y noté que tanto Manfredi como la voz que acaba de hablar colgaron la llamada a la vez. Permanecí un rato con el bolígrafo en la mano y el cuaderno de notas apoyado sobre las rodillas. Y, al rato, comencé a reír. «¿Qué había sido aquella voz?». Pensé en la posibilidad de voces de la conciencia habitando líneas fijas de teléfonos que ya casi nadie usaba. Y quizás por esto último nos iba como nos iba. Las voces de la conciencia no se manifestaban en la telefonía móvil.

Entré al cuarto de los trastos con la esperanza que el sismógrafo volviese a «*decir*» algo. Allí estaba, sobre la mesa. Otra vez la luz roja. Y la humareda con ese extraño olor a azufre mezclado con otras sustancias que no lograba identificar, aunque me eran familiares. Nuevamente, y para mi sorpresa, la lengua-aguja vibró, marcando algo en el papel.

Experto ya en las *anunciaciones* del aparato, abrí el ojo de buey y esperé a que el humo se fuese. Luego, otro momento a que se enfriara: las dos veces anteriores me había quemado algo los dedos al coger el *sismograma*. Allí estaba, preciso y conciso como los otros dos. El nuevo mensaje. Esta vez solo eran números, más dos barras inclinadas.

«*09/05/09*».

Decía el mensaje. Y esta vez, venía así, en negrita e inclinado. Al parecer, era una fecha. Y ese martes, el mismo en el que Manfredi llamó, y en el cual se había acoplado una voz en la llamada desmintiendo todo lo que ella decía, provocándome algo de risa, era cinco de mayo de dos mil nueve.

De estar anunciando algún tipo de terremoto «*simbólico*», el sismógrafo me estaba diciendo que solo quedaban cuatro días. No sabía bien qué es lo que sería aquello, algún tipo de catástrofe, ya que el aparato había sido diseñado para ello, para prevenirlas, aunque sí sabía que el factor tiempo se había reducido considerablemente. Solo cuatro días. Nada más. Cuatro días.

Y un asterisco.

Volví al sillón. Noté que seguían faltando los libros de Lógica Formal. Quedaban, prolijamente, los huecos entre los libros donde antes habían estado. Puse un vinilo de jazz. *King of blue,* esta vez, un disco que mamá ponía mucho los sábados por las tardes. Y me invadió una leve sensación del nombre del disco: «una especie de tristeza», o la intención del mismo. Quizás, porque sabía que solo quedaban cuatro días para que ocurriese lo que anticipaba el sismógrafo.

A saber qué sería. Aunque una vez que pasase, pensé, todos los sucesos surrealistas que venían ocurriéndome desde el primer mensaje del aparato concluirían. Y volvería a la minivida que tenía antes de haberme encontrado tremendo armatoste tirado junto a una obra en construcción. Ya no oiría voces de la conciencia acoplándose en líneas fijas de telefonía desmintiendo a la Sra. Manfredi.

Ni nadie que me contase sobre novelas devoradoras de lectores. Aunque el sujeto de los guantes blancos seguía allí abajo. Yendo y viniendo desde la mesa de trabajo al ordenador, deslizándose sobre una silla con ruedita con mascarilla y antiparras. Estaba seguro que él también era parte de lo que iba a ocurrir el *09/05/09.* Y los tres sujetos del instituto de Minas, Geología y Mediciones, también algo tenían que ver con esta fecha.

Ellos habían hablado de amistad. ¿Quizás lo que estaba anunciando el sismógrafo para esa fecha era el derrumbe final de la amistad? Caía la noche. La trompeta de Miles Davis parecía agujerear la atmósfera taciturna que sabía crearse una vez que el sol se metía por la única ventana que había en el pequeño salón de la buhardilla. Mañana ya será seis de mayo. Quedarían tres días. Y el terremoto sobre la razón, quién dice, podía acontecer.

Ese miércoles decidí ir a la cafetería del instituto de Minas, Geología y Mediciones. Esta vez no me dejaría embaucar por las posturas extrañas que sabían tomar estos tres sujetos las dos veces que nos habíamos visto. Con esos mismos trajes negros que usaban. Esos sombreros tipo bombín. Minas era alto y delgado, nariz de cuervo. Geología era de estatura mediana, la cara algo redondeada. Y Mediciones era bajito, algo regordete y ojos de castor.

Los tres parecían salidos de algún cuento de Maupassant.

Todo seguía igual. Allí estaban los tres, jugando al dominó en la misma de siempre. Pedí un descafeinado de máquina al sujeto de la barra y fui directamente hacia donde estaban. Sin saludar ni nada, simplemente dejé caer el sismograma sobre la mesa. Lo cogió Minas, sin darle demasiada importancia. Y se lo mostró a los otros dos mientras hizo su partida. Los tres murmuraron a la vez: «cero, nueve, cero, cinco, cero, nueve». Alzaron la vista para mirarme y comenzaron a reír.

Suave al comienzo, a las carcajadas luego.

«Tome asiento, y échese una partida», dijo Minas. «Eso, relájese. Aquí tiene tres amigos. Al parecer usted está muy solo, por eso habla con el sismógrafo y a saber con cuántos aparatos más», agregó Geología. «A ver, ¿qué puede pasar este sábado nueve de mayo? Nada. No ocurrirá nada. Porque nunca ocurre nada. Ese es el tema, usted quiere que ocurran cosas. Y la realidad es que nunca ocurre nada. Deje de ser tan épico y juegue al dominó», dijo Mediciones.

Decidí sentarme. Y esperar a que la partida terminase. «¿Sabe realmente qué es lo que ocurre? Que usted aún sigue creyendo en medidas, cuantías, estadísticas. Y todo eso hoy ya no se contempla. Casi todo está categorizado, aunque muy poco está medido. Y se lo digo yo, que fui director de esa misma oficina», agregó Mediciones. «Se establecen categorías sin siquiera cuantificar cómo actúan entre sí los componentes de esas categorías», dijo Minas…

Hablaron un poco más. Cada tanto, Geología festejaba como un niño alguna partida ganada. Y los otros dos le abrazaban y cantaban canciones infantiles mientras bailaban alrededor de la mesa. En algún momento pensé que estaba con tres niños. Tres adultos que ante el cierre definitivo del Instituto de Minas, Geología y Mediciones, habían decidido volverse niños.

Me levanté de la mesa y salí. Caminé un rato hasta casa. Fui a un parque y me senté en un banquito de madera. Se veía la «espalda de la ciudad». Trenes que entraban y salían. Coches. Aviones en el cielo. El sol ámbar de mayo que parecía caer como inclinado. Caí a cuentas que solo quedaban jueves y viernes. El sábado acontecería el gran sismo. «Terremoto simbólico sobre lo dado», decidí llamar al evento.

Saqué el cuadernito de anotaciones. Había algunos párrafos de lo que me había contado Manfredi como material para su biografía, aunque también había apuntado lo que había dicho aquella voz que se acopló durante la llamada desmintiendo todo lo narrado por la editora. Leí una vez más la frase de Derrida: «Fuera del texto, no hay nada». Pensé, después de haber visto a los tres sujetos, que quizás lo mejor era: «Fuera del texto, solo hay inocencia e infancia».

Y la cambié. Pensé que el jueves y viernes me dedicaría a averiguar qué es lo que hacía el sujeto de los guantes blancos. Y, luego, solo me dedicaría a esperar al sábado. Si acaso todo era como había dicho Mediciones y realmente no ocurriría nada, tendría que volver a mi anodina y minivida de antes…

El jueves decidí pasarlo tranquilo. Las maniobras para desenmascarar al sujeto de los guantes blancos las haría el viernes. Aunque no sabía aún cuáles serían esas maniobras. Qué tipo de estrategia tomaría. ¿Iría semiagachado por el parapeto de la ventana y de pronto me asomaría provocándole un infarto? ¿O miraría haciéndome el distraído desde la acera de enfrente? A saber. «¿Tú qué harías?», pregunté a la cafetera. Y ella respondió con su clásico silbido.

Nunca supe si era un sí o un no lo que la cafetera decía. Aunque el silbido aliviaba algo la inquietud. Volví al sillón donde mamá pasó la mayor parte de las horas leyendo y oyendo a Chopin antes de morir. Aún estaba en la mesilla junto a la lámpara, el libro que ella leyó en sus últimos días. *La montaña mágica*, de T. Mann. «El mejor somnífero no químico», había dicho una vez refiriéndose a él las noches en las que me encontraba desvelado escribiendo *La congoja de la roca*, aquella, mi ópera prima.

Decidí leerlo desde cualquier página. Y al instante caí dormido. Cuando desperté ya había oscurecido. Había pasado todo el jueves durmiendo de forma intermitente, teniendo pequeños sueños y despertando cada tanto en páginas indistintas del libro. Toda la tarde había sido como una apacible duermevela. Pensé que quizás había necesitado descansar después de todos los sucesos cuasi surrealistas que había vivido desde el encuentro con el sismógrafo.

Pensé en Blanca y su novela devoradora de lectores. ¿Incluiría su nombre en la lista de nombres a ser devorados por el libro cárnico? De no hacerlo, todas las lectoras de nombre Blanca se salvarían. Y si el libro alcanzara la categoría de *best seller*, cabría la posibilidad de que el mundo solo estuviese habitado por Blancas. Esto último me hizo reír. Había estado bien pasar el jueves así. Como cuando uno está a punto de viajar y ya tiene las maletas preparadas, y solo queda esperar.

Estiré algo las piernas, puse un vinilo de Chopin. No tenía hambre. Ni ninguna necesidad de nada. Solo esperar al viernes. Desenmascarar al sujeto de los guantes blancos y, al otro día: «el gran terremoto sobre lo dado». El sismo interno que cada tanto nos rasgaba la realidad establecida. El movimiento y rompimiento de nuestras estructuras conscientes. Para que una vez más, entre las grietas y escombros de nuestra personalidad, floreciese el crisantemo de la risa fértil…

Llegó el viernes. Volví a mirar el cuaderno de anotaciones. Allí estaban los tres mensajes del sismógrafo. Crípticos. Herméticos. Quizás, como había dicho Minas, solo eran resabios gráficos de cierta «memoria afectiva-técnica» del aparato, y realmente no querían decir nada:

«WQQv», primer mensaje.

«*», segundo mensaje.

«*09/05/09*», tercer mensaje.

De los tres, el más enigmático era el segundo, el asterisco. ¿Qué quería decir un asterisco en todo este asunto? El primero había tenido una especie de revelación: un niño, con un palito, había escrito, más bien dibujado, esas letras. Y el tercero era el más conciso. Nueve de mayo de dos mil nueve era el día siguiente. Decidí bajar a averiguar qué es lo que hacía realmente el sujeto de los guantes blancos de látex, en los bajos comerciales.

Recordé que en el cuarto de los trastos guardaba unos binoculares que una vez había encontrado tirados en una playa desierta. Bajé con ellos y me paré en la acera de enfrente. Evitando que él se diera cuenta, lo observé. Los binoculares, y también la perspectiva, que era mucho mejor que observándolo desde la buhardilla, lograron que descubriese qué más tenía en esa especie de habitación oficina.

Para mí sorpresa, aquello era un laboratorio. Había tubos de ensayos, hornillos, una especie de horno frío de donde, cada vez que lo abría, salía vapor de hielo congelado y metía dentro, con precisión de alquimista, algunos de los tubos que antes había mezclado con sustancias de los más diversos colores. En un momento dado, levantó la cabeza y me vio. Deslizándose en la silla con rueditas fue, casi de forma inmediata, hacia el teléfono fijo que tenía en el otro extremo de la mesa.

Decidí irme. Hacerme el distraído. Al doblar la esquina, dos policías me cruzaron al paso. «Hemos recibido una llamada en la que se nos dice que usted estaba espiando al prestigioso científico Paul Laubert», dijo uno de ellos. «Sí, lo siento, desde hace semanas que lo veía desde mi buhardilla, vivo allí, enfrente, y creí que hacía algo sospechoso», dije con la voz entrecortada.

«Es más, iba a llamarles a ustedes», agregué. «Nada sospechoso. Laubert ha buscado ese sitio para trabajar tranquilo y lejos de los ojos de la prensa. Está a punto de descubrir un elixir para evitar el Déficit de Atención», dijo esta vez el otro policía. Y el primero que habló, apretándome el hombro agregó: «Y nos ha dicho que justo estaba por dar con la fórmula exacta, cuando usted y sus binoculares le han distraído».

Apretándome aún más fuerte el hombro, y acercando el rostro al mío tan cerca que pude oler su aliento a tabaco, dijo: «Ahora, deberá comenzar de nuevo. ¿Sabe usted lo que significa esto para un científico?».

«No lo sé», respondí. «Coja sus binoculares y vaya a observar pájaros, si acaso es el aburrimiento lo que le embarga», agregaron a la par. Como si hubiesen ensayado la despedida.

Había provocado que no se pudiese descubrir el «elixir» contra el Déficit de Atención. Distrayendo a quien lo estaba por descubrir. Pensé que todo era una enorme tomadura de pelo. Y no entendí bien por qué habían dicho «elixir». Pensé que ya no quedaba nada más que hacer. Que la realidad, una vez depurada de todos los filtros con la que venía implícita, no era más que eso: una enorme tomadura de pelo.

Volví a la buhardilla. Aún permanecía el cuaderno de notas abiertos, y la frase de Derrida modificada: «Fuera del texto, solo hay inocencia e infancia». Y decidí esperar al sábado. Al día del gran terremoto sobre lo dado…

Y llegó el sábado. Como desde hacía casi tres años, desperté durmiendo semisentado en el sillón que usaba mamá para leer *La montaña mágica* y oír a Chopin. Lo primero que hice fue mirar por la pequeña ventana del salón si acaso se habían caído edificios o había grietas en el asfalto de la calle. Todo seguía igual que el día anterior. Aunque la ventana del bajo comercial donde tenía su oficina-laboratorio el científico Paul Laubert permanecía con la persiana baja.

Al mirar el mueble de los libros, noté que a todos les faltaba el nombre en sus respectivos lomos. Me froté los ojos. Miré hacia la mesita al lado del sofá y al libro de Thomas Mann también le faltaba su respectivo título. Los folletos comerciales que mamá guardaba en un posarevistas tampoco tenían nada escrito. Comenzó a recorrerme dentro del cuerpo una extraña sensación de alegría y a la vez de desesperación. Al parecer, todo lo escrito había desaparecido.

Bajé casi corriendo por las escaleras. Salí a la calle y sí, los nombres de los bares, las tiendas, las calles: habían desaparecido. Ese era el gran sismo. El terremoto sobre lo establecido era la desaparición del lenguaje, al menos, escrito. Al doblar la esquina vi a una mujer y a un hombre que hablaban extrayendo de unos bolsos color naranja, cubos, esferas, decaedros, pirámides, etc. Colocaban de distintas formas los cuerpos geométricos, y era así cómo se comunicaban.

«¿Saben que ha ocurrido? Hoy es nueve de mayo de dos mil nueve. ¿El sismo es esto?», pregunté y ambos me miraron de arriba abajo y se alejaron a paso ligero. Estaba visto que no iba a poder comunicar. Dos niños hablaban con cilindros. Unos ancianos sonreían mientras montaban un tetraedro sobre un cubo. En un bar un grupo de personas bailaban alrededor de un octaedro azul brillante.

Intenté hablarles. Nadie me contestaba nada. Y se alejaban de mí como si hubiesen visto a un extraterrestre. Todos reían. Al parecer eran más libres y sencillos en aquel mundo de lenguaje geométrico. Volví a la buhardilla. Estaba agotado. Entré al cuarto de los trastos. El sismógrafo permanecía inmutable. Pensé en qué iba a hacer sin saber hablar aquel idioma. ¿Cómo iba a aprenderlo? No pude más. Caí dormido. Esta vez, en la cama de mamá…

Al otro día desperté. Me pareció sumamente extraño haber despertado en aquel cuarto, y sobre esa cama, que no había usado en más de tres años. Me asomé a la ventana. Esta vez subió bullicio desde la calle. Ruido. Gritos. Los bares, tiendas y calles tenían sus respectivos nombres. Fui al salón. Los libros estaban como debía ser: con todo lo escrito en cada uno de ellos. Y habían aparecido los libros de Lógica Formal. Fui al cuarto de los trastos, el sismógrafo estaba allí, sobre la mesa.

Miré por el ojo de buey, y fue entonces cuando los vi. Allí iban, con sus trajes multicolores, los hombres bala. El sol les daba de costado y parecía que brillaban. Manfredi padre hizo una pirueta, y dejó escrito con la estela de vapor, o humo, o hidrógeno congelado, que parecía salir desde sus pies lo siguiente:

«WQQv».

Y Manfredi hijo, que iba detrás, quizás como saludándome, ambos, con esas alegres piruetas voladoras que hacían en el firmamento, dejó escrito:

«*».

Y asterisco era el final.

Crónicas de la mujer sin huesos

La mañana del nueve de mayo de dos mil catorce, Blanca Recalde había preferido una vez más desayunar en El Bungalow, que de *bungalow* no tenía nada y solo era una cafetería más bien lúgubre a la vuelta de donde ella vivía desde hacía casi tres años. Desde que la Sra. Manfredi había decidido volver al mundo editorial con la publicación de *El libro cárnico,* y este se convirtiese en *best seller* primero y objeto de culto después.

Más, cuando a mediados de dos mil once llegaron aquellas noticias desde Japón asegurando que tres lectores de *El libro cárnico* habían fallecido con el libro, dos sobre sus pechos, y el tercero sobre su cara, abiertos de par en par y en páginas similares, que era algo más bien lógico que ocurriese: más de la mitad del libro consistía en una extensa lista de nombres. En varios idiomas, incluido el japonés, y en esa lista, coincidencia o no, figuraban los tres nombres de pila de los lectores asiáticos fallecidos.

Este suceso hizo que el libro se vendiese aún más. En todas partes del mundo miles de lectores salieron a comprar *El libro cárnico,* no tanto para leerlo (la primera mitad era una historia simple, de una trama bien narrada y poco más) si más bien para confirmar que sus nombres no aparecían en el extenso listín. Al menos en la primera edición, porque Blanca había asegurado en una entrevista a la BBC que habría una segunda edición con «más nombres, entre los cuales podrá estar el suyo», mirando fijamente hacia la cámara.

Cual *El guardián entre el centeno* o *El Kybalion,* el libro de Blanca había alcanzado la categoría de esos libros misteriosos, llenos de sentido oculto, ora malditos, ora metafísicos. Desde el incidente con los lectores japoneses, Blanca había decidido mudarse: no hacía más que recibir cartas, tanto de admiradores que le agradecían no haber sido incluidos en la lista, como amenazas de quienes sí habían visto sus nombres en el extenso listín. De la novela en sí nunca recibió ni una mínima crítica.

Tanto para bien, como para mal.

Y esa mañana, justo cinco años después de que yo viviese toda una extraña experiencia con un instrumento de medición, de la que luego hablaré, Blanca Recalde introdujo varias monedas en la máquina de cigarrillos de El Bungalow, el paquete quedó a medio salir, metió la mano por la ranura expendedora, estiró aún más los dedos, alcanzó el paquete a la vez que pudo comprobar que la mano se había doblado como si fuese de goma dentro de la máquina.

Habían comenzado a faltarle los huesos de la mano derecha…

La tarde del viernes nueve de mayo de dos mil catorce, recibí la llamada de Blanca Recalde, como siempre, al teléfono fijo de la buhardilla. Por una cuestión de apreciación algo más cercana a la realidad, había decidido no tener teléfono móvil. Aunque desde aquel incidente con el aparato de medición, había veces en las que se acoplaba una voz en medio de alguna llamada, como si hubiese un tercer teléfono conectado. Una voz que permanecía muda, solo oyendo, hasta que en un momento dado se dedicaba a desmentir a quien estaba al otro lado de la línea provocando el inmediato corte o cierre de la llamada. Esto no ocurría siempre, solo algunas veces. Tampoco llamaba mucha gente a casa.

Había decidido vivir prácticamente alejado de casi cualquier contacto humano. ¿Eudemonología? No. Hablaba con los objetos de casa. Aunque esa tarde Blanca llamó.

«Hola, iba a escribirte una carta de envío rápido, de esas que te gustan a ti, aunque tendría que habértela escrito con la mano izquierda y no soy buena zurda, en ninguno de los aspectos».

La última aclaración me hizo reír y sorprendió que hablase de forma intempestiva, desde que había comenzado a ser una escritora de renombre, Blanca se había vuelto muy calma. Me echaba una mano presentándome gente del mundo editorial y, después del incidente con el sismógrafo, había comenzado a escribir artículos sobre «el nuevo mitologema del desuso», en una revista de variedades.

«¿Te has hecho daño?», pregunté. «No sé bien qué es. Tampoco duele. Ni siento así nada extraño. Aunque me faltan los huesos de la mano derecha», respondió. Cuando iba a preguntarle qué era todo lo que me estaba contando, comenzó a acoplarse el teléfono.

«Eso es por el ritual aquel, el de la isla de Corvo,

Blanca. El desalinizador que usaban los piratas y el tatuaje maligno. Recuerda que nada es gratis en esta vida. Tu éxito vale tus huesos», dijo la voz.

Acto seguido, ambas voces colgaron a la vez. Me vestí decentemente. Y bajé.

Paré un taxi. Di el domicilio de Blanca. El taxista, quizás como todos los taxistas del mundo, puso a The Police en el autoestéreo y arrancó.

Al llegar, Blanca había dejado la puerta entreabierta y al oír mis pasos escuché que desde la cocina o el cuarto de baño dijo algo parecido a: «Pasa y cierra». Entré y lo que vi me pareció un cuadro dantesco y naif a la vez: sobre el sofá, una foca de peluche que Blanca usaba para «acomodar mejor el cuello», permanecía esta vez decapitada y le salía todo el relleno dejando un camino de trocitos de goma espuma que iba hacia el baño.

Fui al cuarto de baño. Blanca estaba con la mano derecha apoyada sobre el fregadero y con la izquierda, como podía, se autointroducía trocitos de goma espuma por un orificio que al parecer se había hecho ella misma a la altura de la muñeca con un sacacorchos que estaba encima del depósito del váter. «No te asustes. No sangra ni nada. La estoy rellenando. ¡Soy muy torpe con la mano izquierda! ¡Ayúdame!».

Era extraño, no sangraba, aunque por el orificio alcancé a ver tendones, músculos, venas, todo estaba en su sitio. Excepto los huesos. Cogí unos cuantos «*cubitos*» de goma espuma y, como pude, ayudé a Blanca a colocarlos dentro de la mano derecha. Los dedos comenzaban a tomar forma, aunque por propio principio de entropía, todo lo que se quita de un sitio y luego vuelve a rellenarse, no quedaba igual. Cierto «valor vacío» habría aumentado el volumen de lo que antes era homogéneo. Lo que en Física Cuántica se conoce como campo, habría sido modificado.

Al terminar, Blanca se observó la mano en el espejo. «No ha quedado tan mal, excepto el dedo índice que ha quedado medio "pachucho"», dijo, y nunca supe por qué dijo pachucho en vez de utilizar cualquier otro término que refiriese a flacidez. Luego fuimos al salón. Terminamos de vaciar el relleno de la foca decapitada dentro de una bolsa de plástico. «Debo tener material por si esto continúa», agregó.

«¿Qué fue todo aquello de la isla de Corvo que nombró la voz acoplada al teléfono?», pregunté sin mayor dilación. «¿Cómo, no te han llegado las cartas? Te escribí varias veces contándote lo sucedido. Ya sabes que se me da mejor escribirlo que hablarlo», agregó y ambos permanecimos un buen rato en silencio. «¡El servicio postal de esta ciudad va fatal, Dios!», exclamó.

A los días, llegaron todas aquellas cartas. Y así como en *Boquitas pintadas (de rojo carmesí),* de M. Puig, mi vida, por entonces, se volvió epistolar.

Las mañanas de los martes llegaba el cartero y dejaba siempre dentro de bolsas azules todas aquellas cartas de Blanca. No en el buzón de la portería, sino justo enfrente de la puerta de la buhardilla. Después de aquella noche de la introducción de cubitos de goma espuma dentro de la mano sin huesos, ella desapareció. El cartero era siempre el mismo y me despertaba (llegaba sobre las seis de la mañana) con el constante golpeteo de los dos bastones con los que se apoyaba al andar.

Llevaba sujeta a la espalda una mochila amarilla

en la que ponía «Correos» y caminaba apoyándose en esos dos bastones con puntas de acero, como los que usan los montañistas. Trac, trac, trac, oía desde el salón mientras dormía semisentado en el sofá y sabía que era él. Salía antes de que llamase a la puerta, y con total amabilidad decía: «Correspondencia de Blanca». Soltaba la bolsa al suelo y se iba. Trac, trac, trac, se oía al bajar las escaleras y alejándose hacia el portal.

Las cartas llegaron desordenadas cronológicamente. Es decir, primero las que contaban el presente de Blanca, y luego las de aquel suceso en la isla de Corvo. En medio ocurrieron otras cuestiones que prefiero contar más adelante. Con ilusión de niño, abrí la primera. Y desde aquel día, podemos decir, comenzaron las *Crónicas de la mujer sin huesos*.

Querido.

Debido a mi nueva e increíble condición de «mujer sin huesos», o como me llama cariñosamente mi colega de trabajo Ambrosía: «mujer ameba», he decidido ir un poco más allá de la ciudad y he encontrado empleo en una fábrica de remaches y plegado de hojalata.

Sorpresa, no siento nada cuando me pincho con la máquina remachadora. Al principio sentía miedo, pero ya no. No duele ni la piel. ¡Haberlo sabido antes, qué de cosas habría hecho! Acariciar al perro de la vecina, encender la chimenea de la casa de la abuela…

Aquí fabricamos regaderas y reposaplanchas. Pregunto si será la misma persona al comprarlas. Y si las usará en conjunto. ¿Regar mientras plancha? Peligroso. También me pregunto; «¿la gente todavía plancha en el siglo XXI?». ¡Qué gasto innecesario de energía!

Voy a pasar el invierno aquí. Sabes, hace calor al lado de la remachadora. Y por lo menos aprovecho la falta de huesos, que no sé hasta cuándo durará...

Un abrazo.

Chao.

A los días de recibir la primera entrega de cartas de Blanca, empleada ahora en una fábrica de remaches y plegados donde sacaba provecho de su condición de mujer sin huesos, recordé el libro de Simone Weil, *La condición obrera*, que tenía en el mueble de los libros. Fui a buscarlo y, efectivamente, era epistolar. Cartas de ella a amigas y amigos donde narraba a modo de diario su experiencia como empleada en la Renault y otras multinacionales.

Después de mucho tiempo, volví a entrar al cuarto de los trastos. Aún retumbaba en mi cabeza la voz de la línea de teléfono acoplada la vez que hablé con Blanca. Había muchísimo polvo. Con uno de los paños amarillos limpié los objetos apilados de forma desorganizada y que caerían en cualquier momento. Recordé la tarde en la que Blanca vino a casa, a los días del incidente con el sismógrafo. Y literalmente se enamoró del desalinizador de agua.

«¿Me lo regalas?», preguntó. A mí no me importó dárselo. Al cogerlo cayó aquel facsímil del cuento de E. A. Poe, pequeño, de tapas amarillas, donde sólo venía el cuento *El cuervo*. «¿Me lo das también?», preguntó, esta vez mostrando una leve sonrisa que, hasta esa tarde, jamás había visto en ella. Era una sonrisa que transmitía cierta perversión complacida.

Como si hubiese encontrado, o tuviese en ese

momento entre sus manos dos objetos de deseo que tras años reprimiendo, en ese instante, y con esos simples ¿artículos? iba a concretar un plan trazado desde hacía décadas.

«Sí, puedes llevártelo también. Nunca supe bien de dónde salió ese pequeño libro. Ni por qué está aquí», dije. Y Blanca volvió a sonreír. «¿Ocurre algo?», preguntó al ver mi cara de espanto.

«Nada», respondí. Y ella amplió aún más aquella risa perversa. Esta vez con sonido. Una leve carcajada que, al ser apenas audible, la volvió aún más terrorífica. Sentí frío helado recorriendo la médula ósea. Pensé cómo un gesto tan noble como la risa podía alcanzar ribetes de miedo y angustia implícitos tan profundos.

Pasé semanas encerrado. Sin hablar con nadie después de aquella tarde de «risa perversa de Blanca». Hasta que ella llamó para contarme que se iba unas semanas a la isla de Corvo a terminar El libro cárnico. A los martes, escuché nuevamente el trac, trac, trac del cartero. Era la segunda entrega de correspondencia de Blanca.

Esta vez, contaba todo lo ocurrido en la isla.

Querido.
Preguntas si he visitado al médico.

Tu carta refleja preocupación por mi nueva condición de «mujer gusano» (aquí sólo Ambrosía sabe mi secreto. Si la noticia llega a los jefes, no quiero ni saber dónde me pondrían a trabajar).

No fui al médico. Y, sabes, como te tengo cariño y no quiero que sientas miedo por mí, quiero ser sincera.

A ti también te escondí un secreto. ¿Recuerdas la

vez que me dejaste *El cuervo* de E. A. Poe? Bien. Ese era el último ingrediente para «la pócima», junto a cinco litros de agua de mar desalinizada (aunque tú desalinizador no funcionó y tuve que apañarme), todo el pelo de mi cuerpo, un frasco entero de canela de Ceylán, lágrimas de escritora, y tenía una fórmula mágica.

El fascículo no podré devolvértelo. Tuve que quemarlo en la hoguera que hice en el Caldeirão, el cráter del volcán de la isla. Perdón.

Recordarás que fui allí a terminar *El libro cárnico*, aunque no fue de la forma en la que puedes imaginar, con rígidos horarios o dejándome guiar por la inspiración de una escritora. No. Hubo un destello y apareció el espíritu de E. A. Poe, que no paró de soltar nombres, uno tras otro, mientras yo recopilaba todos aquellos datos en una libretita negra.

A cambio de convertirme en una escritora famosa, iba a tener que dar algo de mí. Algo blanco como la hoja de papel. «Para no tenerle miedo a la hoja en blanco: NUNCA MÁS», decía la formula, igual que en El cuervo.

Sin pensar ofrecí «mis huesos», y no volví más al tema. Rellené hojas y hojas con nombres y me fui de la isla.

Ya sabes lo que pasó después. El éxito, los *haters*...

Espero no haberte defraudado mucho.

Un abrazo,

Blanca.

A los días de recibir la segunda carta escribí en la libreta de anotaciones una frase del libro de Simone Weil, cuya lectura me había provocado la primera de las misivas: «Lo inexpresable se degrada al quererlo expresar».

Y pensé en el ritual ¿*mágico*? que ella había realizado en la isla de Corvo, que luego le llevaría al éxito editorial.

Pensé que lo ritual casi no se manifestaba por aquellos días. Que había un predominio de lo alegórico sobre lo ritual. Tal vez, Blanca lo había hecho sólo para descubrir la punta del iceberg que ahora se resquebrajaba tanto como sus huesos. Creí soñar esa noche con el alma de E. A. Poe dictándome cientos de nombres. Y cuando dijo el mío, desperté sudando, gritando, porque creo que grité: «¡No!».

Preparé café. Escribí un par de notas en el cuadernito. «¿Qué opinas de lo ritual?», pregunté a la cafetera. Y ella volvió a responder con su típico «fiussshhh». Era una respuesta concisa para un tema amplio. Bajé y caminé un buen rato. Por esos días me iba a dar largos paseos por Vallecas. No sabía bien por qué iba por allí, aunque daba largas caminatas por el barrio.

Había encontrado una cafetería que estaba bien iluminada, donde por lo general había poca gente y ruido. Me sentaba a escribir un buen rato. Para variar el recorrido, esta vez cogí una calle lateral que prácticamente era una callejuela con forma de L. Hice el codo y sorpresa: la calle se hacía cada vez más empinada y angosta hacia arriba. La pendiente era harto pronunciada.

A medida que subí, comencé a notar que me faltaba el aire. Y, extrañamente, detrás comencé a oír el traqueteo que hacía el cartero cuando venía a casa. Trac, trac, trac. El golpeteo de los dos bastones con los que se apoyaba al andar. Giré y sí, era él. Esta vez iba más rápido que de costumbre. Y el traqueteo más acelerado y percutivo. Trac, trac, trac. Aceleré el paso. El retumbar de los bastones también aumentó. Comencé a sudar. Me alcanzó. Trac, trac, trac. Toda la situación era agobiante y asfixiante a medida que subía por aquella calle empinada y que se estrechaba cada vez más y más.

Al sobrepasarme se giró y me saludó. «¡Hacia el Everest de la alegría!», dijo y siguió avanzando con paso excesivamente rápido.

Trac, trac, trac, retumbó en la parte más angosta de la calle. Y le vi fundirse con la salida. Yo no pude subir. Ni avanzar un paso. Estaba agotado. Volví por donde entré.

Al llegar a la cafetería vi que al fondo de las mesas estaba el cartero, con las gafas negras que nunca se quitaba. Había mucha gente y él movía la cabeza de un lado a otro. Pedí, como siempre, un descafeinado con leche. Él se giró. «¡Ey, al final no pudo con la cima de la alegría!», dijo en voz alta casi al borde de la carcajada. «Venga, siéntese aquí un momento», propuso. Y al sentarme, noté que debajo de las gafas los ojos eran blancos.

«La última vez que entregué cartas en su casa, olí que no firmó el recibo de entrega», dijo, y noté que era invidente. «Todo lo hago desde el olfato, siéntese, estimado», agregó y nunca supe por qué dijo estimado. «Cuando he llevado las cartas de Blanca a su casa, las he comprendido, aunque estuviesen los sobres cerrados, desde el propio olfato. He aprendido a leer oliendo», agregó y permanecí estupefacto.

Pidió un descafeinado para mí y nunca supe cómo adiviné. Me senté. Un rayo de sol cruzó la nebulosa de polvillo que flotaba en el bar. «Lo que le ocurre a Blanca, la pérdida de los huesos que le digo, se agravará en unas semanas más, solo se puede curar invirtiendo el ritual que ella hizo en la isla de Corvo», dijo, y al parecer sabía de aquel tema mejor que yo, y que Blanca incluso.

«¿Y cómo sería eso?», pregunté. «Fácil, estimado, como le dije hace un momento, solo se trata que ambos...».

Hizo una pausa larga a la vez que movió la cabeza de un lado hacia el otro.

«¡Suban al Everest de la alegría!», exclamó. Pagó y se fue. Haciendo trac, trac, trac, con los bastones. Me quedé absorto. Tomando solo el café. En silencio. Taciturno.

Al llegar a la buhardilla pensé en lo de «leer oliendo». Me senté en el sillón que usaba mamá, al lado del aparato de los vinilos y la lámpara victoriana. Puse a Chopin. Cogí cualquier libro de los que había a mano. *La educación sentimental,* de Flaubert. Lo abrí en cualquier página e intenté concentrarme en una oración cualquiera: «Ella miró el reloj».

Cerré los ojos. Intenté concentrarme en la primera letra. La «E» mayúscula. Una línea vertical y tres horizontales perpendiculares a la primera. En ángulo recto. Me concentré en el negro de la tinta. Y sólo una E. De pronto me aparecieron cientos de imágenes de letras E en el fondo negro de la retina. Quizás, viajaba a la primera E escrita en la historia. La imaginé en una cueva. Donde un rato antes había llovido torrencialmente.

Vi mi mano velluda tocando la roca. Estaba seca, imágenes de los rayos que acababan de caer desde el cielo aún venían a mi memoria más primitiva. Afuera, el grupo al que pertenecía se había alejado. Sentí esa terrible sensación de abandono que tantas veces me había invadido durante los días posteriores al fallecimiento de mamá. Quise gritar.

Llamar al resto que, espantados por los rayos y las inmensas bolas amarillas encendidas en las ramas de los árboles, se habían desperdigado entre la maleza. Dentro de aquella visión no pude gritar. Mi garganta primitiva solo propició un sonido gutural. Al hacerlo sentí un dolor áspero en la garganta. Como un desgarro a la altura de las amígdalas. Me asomé a la puerta de la cueva.

Decenas de hogueras provocadas por los rayos ardían por todos lados e iluminaban la noche. Volví dentro, había restos de leños quemados de otros habitantes pasados de la cueva. Cogí un pequeño trozo. Pensé que ya no encontraría al grupo. Caí a cuentas que era la primera soledad en mi ADN. Había viajado al instante mnemotécnico de mi primera soledad. A la vez que me vi, por primera vez, dentro de mi cerebro reptiliano, solo. El ser con uno mismo.

Y pinté con el carboncillo: E. Cuatro líneas. Siguiendo el número de mis extremidades. Y capté, al despertar: el olor de la E. Olía a carboncillo y cueva húmeda. A barro. A hogueras afuera. A cenizas.

Y a soledad.

A la primera soledad. Sí, la E olía a la primera soledad.

Pasé varias mañanas repitiendo aquel pequeño ritual, el de viajar al olor primigenio de las letras. Configuré, poco a poco, un abecedario olfativo. Personal. Caí a cuentas que el cartero, del cual aún no sabía su nombre, había intentado decirme esto en el bar. El abecedario olfativo, a diferencia del visual y sonoro, era personal e individual.

Quien se animase a viajar a las profundidades del ADN y del cerebro reptiliano descubriría el olor de cada letra. Es decir, el abecedario olfativo era interpretativo, aunque no comunicativo. Agregué algunos preliminares al ritual: preparar una infusión de jengibre y anís. Sentarme con *La educación sentimental* de Flaubert, coger cualquier frase al azar y viajar al inicio de los primeros sonidos guturales, transformados en situaciones, olores, letras después.

Descubrí el olor de la A siendo ameba en el polo sur, formada por tres algas. La A olía a sal. Pude oler la B siendo escarabajo en la cuenca del cañón del Colorado, tenía la forma de un cactus caprichosamente vuelto con forma de B. Olía a agria sabia. La C la pude olfatear siendo aún mineral en el cráter del volcán Maipo, en Los Andes, y olía a lavanda.

La D la vi escrita siendo hombre de las cavernas, pintada sobre una roca negra, y olía a menta. Y así. Cada mañana, una letra distinta. Viajaba a mi interior, buscaba el olor primero de cada letra. Y al despertar, lo apuntaba en la libretita de anotaciones. Al vigésimo séptimo día, tenía el abecedario olfativo completo. Descansé unas mañanas. Y, al mes, hice la prueba. Cerré los ojos. Y olí. «Ella miró el reloj» fue el registro olfativo.

Carta a la mujer sin huesos.
(Cualquier día, en cualquier lugar).
Y para ti, Blanca,
¿a qué huele la B
de tu nombre?

Querido escritor sin nombre:

Me ha sorprendido mucho su última carta y el abecedario olfativo. Más el olor de la H, que para usted ha sido el de la tierra mojada después de una tarde de lluvia en la isla de Sardegna. Los viajes a través de su ADN, incluso a estados tan primitivos de conciencia, me parecieron fascinantes.

Intenté hacer el ritual, aunque solo pude alcanzar a oler, dentro de mi cerebro reptiliano, la letra Y, parecida al perfume del clavel. Era suave y la vi dibujada por primera vez en llamas en las planicies de Mongolia, como señal de los tártaros talmúdicos huyendo hacia China. La B de mi nombre nunca la visualicé. Mucho menos la olí.

Lo bueno de este abecedario es que, al ser intuitivo y no comunicativo, podría llevarnos a la búsqueda de una verdad mediada y no absoluta, como el actual, que ambos sabemos no existe y sólo nos separa. Me gusta también lo de escalar el Everest de la alegría como antídoto a mi pérdida de huesos.

Te cuento que Ambrosía nos habló de una presencia en los vestidores de las mujeres. Me hizo recordar algo que nombra Simon Weil en su experiencia por la Renault. La otra noche, después de estar remachando cientos de regaderas de jardín y machacarme varias veces los dedos de la mano derecha (mis huesos desaparecen del lado derecho), me encontré sola en los cambiadores y en el enorme espejo de pared vi la sombra de un sujeto.

«Soy el alma del joven que se suicida en *Tokio Blues*», dijo.

Y permanecí perpleja, sin hablar con nadie hasta hoy que te escribo estas palabras.

Adiós.

Cuando el cartero, con el traqueteo habitual que provocaban los bastones con los que caminaba y auspiciaban la respectiva entrega de cartas de Blanca, llamó a la puerta, sin siquiera saludar, sólo se limitó a decir: «Para subir al Everest de la alegría, Blanca y tú deberán oír de forma repetida aquella canción de The Beatles donde la guitarra llora suavemente».

«No entiendo. Ni siquiera sé su nombre. Tanto el de la canción como el suyo», dije por decir algo.

«Oír ciento de veces la canción hasta que el reflejo de uno se funda en el espejo del otro. La canción debe seguir hasta que hayan viajado tan dentro vuestro que la oigan a lo lejos. Allí, aparecerá ante ustedes el Everest de la *alegría*. Subirlo sin cuerdas es el desafío. Llegar a la cima de la primera risa es la cumbre a alcanzar para que Blanca recupere de una vez por todas, sus huesos perdidos», agregó.

«Una vez allí, en la risa genuina, la que nunca estuvo contaminada por ideas externas, está el antídoto. Y créame, cuando lo alcancen, Blanca dejará de perder sus huesos reales y usted, así como yo y el mundo entero, dejaremos de perder nuestros huesos emocionales. Imagínese, todos por las calles sostenidos por esqueletos emotivos que, poco a poco, la coyuntura actual nos va llenando de poros. Ahuecándonos la emoción ósea», agregó y aquello me pareció poesía pura. ¿Quizás era por esto último que Sr. Cartero caminaba apoyándose en bastones de alpinista?

«Esa es la canción, una obra donde el instrumento que la ejecuta llora suavemente dentro de la propia obra. Eso es poesía, como si dijésemos que lloran, aletargados, los pinceles empastados de Van Gogh, los chelos melancólicos de Schubert, la tinta derramada en *Los Detectives Salvajes*, imagínese que todo eso llorase ahora mismo y, además, no tuviesen esqueletos emotivos donde apoyarse», dijo. Y se alejó con el traqueteo habitual.

A los días, recibí la llamada de Blanca en la cual me comentaba que no le importaba perder los huesos, aunque fueran todos los del cuerpo, mientras no perdiese el corazón, y aquí nombró a las neuritas y todo aquello del campo magnético que son capaces de producir a más de cuatro metros alrededor de uno, y mientras hablaba de todo esto yo solo rogaba que no interrumpiese la tercera voz que siempre se acoplaba y desmentía lo que se estuviese hablando: aquello que me contaba Blanca acerca del campo cuántico, de cómo las neuritas pueden adentrarnos en él.

«Tengo el antídoto, si se le puede llamar así, o solución definitiva para que dejen de faltarte los huesos», dije casi interrumpiéndola porque se había entusiasmado bastante con todo aquello del campo cuántico y no paraba de hablar sobre la posibilidad de «recordar el futuro», así llamó a esa especie de estrategia de abandonarse a la energía y olvidar por un momento la materia.

«Es algo así, Blanca. ¡Solo se trata de subir al

Everest de la alegría!», dije casi gritando, porque si no ella no paraba con toda aquella disertación acerca de olvidarse de uno mismo, volvernos energía a la vez que enviamos una señal al campo, y que todo aquello se lo había comentado Ambrosía, el compañero de la fábrica, y luego lo había rectificado el reflejo de un sujeto en el espejo de los lavabos, o eso alcancé a entender, y que este reflejo se había presentado como el fantasma ya no recuerdo de qué joven de qué novela, y cuando ella comenzó a centrarse más en las neuritas del corazón, sentía que de alguna forma alteraba su epigenética y así quizás podía darle la orden al ADN de volver a recuperar los huesos perdidos.

«Esto último lo dijo el reflejo de Simon Weil en el espejo de pared del lavabo», aclaró. «Estáis hablando de casi lo mismo», dijo la tercera voz. Y, como cada vez que aparecía, ambas líneas cortaron a la vez. Y una vez más me quedé con el teléfono en la mano oyendo el desolador «*tuuuu*, tuuuu»; y mirando el rizado cable que iba desde lo que podíamos llamar «*tubo*» al propio aparato de teléfono.

Permanecí un buen rato allí, de pie, tocando aquel cable, pensando en todo lo que acababa de ocurrir, toda la metafísica conferencia de Blanca, la epigenética, la posibilidad de modificar nuestro ADN. Recordé mis viajes a través de él en busca de los primeros registros olfativos de las letras. Pensé en lo distinto que era que te colgaran una llamada en una línea fija a otra en línea móvil. En la primera, que era mi caso, veías el cable aún moviéndose, agitándose por los movimientos que pudieron darse durante la llamada yendo hacia el aparato y este, a su vez, hacia el cable de la centralita o red.

Daba la sensación de que, aunque habían colgado, seguías unido a la idea de un comunicante prolongado a través de esos cables. Permanecía como significante. En cambio, con las comunicaciones de telefonía móvil, al momento de colgar desaparecía el significado junto al significante. Quedaba el vacío y poco más.

Aunque arriba, lejos, estaban los satélites estableciendo ciento de millones de comunicaciones, abajo, al momento de colgar, quedaba el vacío y poco más. En las llamadas de línea fija se iba el signo, aunque quedaba flotando en el aire la idea de «la cosa». En las de móviles se iban el signo y «la cosa».

En todo esto pensé en ese rato que permanecí de pie junto al teléfono fijo. Quizás divagué porque me relajé en cierta forma. De pronto, al parecer, Blanca comenzaría a recuperar sus huesos. Tal vez, con la fórmula de Sr. Cartero, o bien con todo aquello de la epigenética y el campo cuántico, quizás, como había dicho la voz al teléfono, ambos métodos eran el mismo.

A los días, y después de semanas sin verla, Blanca llamó al telefonillo. Como habíamos quedado en otra llamada posterior, en la que, por cierto, esta vez no hubo acople de ninguna tercera voz, se encargó de conseguir el álbum blanco y doble de The Beatles, donde venía aquella canción de George en la cual la guitarra llora. Yo me encargué de conseguir un aparato para reproducir CD, ya que en la buhardilla solo había uno para vinilos y no nos serviría al momento de reproducirla una y otra vez, como había dicho el Sr. Cartero.

«Traje pastelillos. ¿O sigues con aquello de que ya no comes azúcar ni nada dulce?», preguntó no más entrar. Desde el incidente con el sismógrafo, había dejado de comer azúcar y harinas refinadas. «Estás más delgado», dijo mientras dejaba el abrigo y los pasteles dulces. No se le notaba para nada la pérdida de huesos. «Todo este tiempo no he hecho más que descuartizar muñecos de felpa», dijo sonriendo.

De pronto estábamos allí, a punto de iniciar un ritual que nos llevaría a la conclusión de otro. Caí a cuentas que aunque todo aquello era suprarreal y escapaba a las coordenadas X/Y de la Lógica Formal, en parte, quizás con Blanca estábamos creando un pequeño orificio ¿onírico? por donde podría colarse, como si agua fuese, todo el mitologema reprimido en el subconsciente de la ciudad, ante tanta tiranía por parte del raciocinio y la demagogia de lo imperfectas que se volvían cada una de nuestras percepciones a través de los sentidos establecidos. Aquello de que el cielo realmente no es azul ni celeste como creemos.

Pusimos el CD, buscamos la canción, y programamos el aparato para que la reprodujese una y otra vez. Mientras comenzó a sonar, Blanca cogió un par de pastelillos y se los comió con bastantes ansias. Yo simplemente la observaba. «Todo este tiempo en la fábrica no hice más que creer, o suponer, mejor dicho, que era Simone Weil». «Por la forma en la que te adaptaste sí que fuiste como ella. Ahora vamos a cerrar los ojos y concentrarnos en la canción», dije.

Y mientras la oímos, caímos dormidos, creo que a la vez. De pronto aparecí en los brazos de mamá. «Mira cómo ríe», decía ella. Luego, un resplandor, como cuando el sol da en la nieve. Una luz brillante, casi enceguecedora. Y allí estaba ella, Blanca, sonriendo, también por primera vez, en los brazos de su padre. Ambos éramos muy pequeños, quizás con días de vida. Yo la veía a ella y viceversa.

¿Después de esto, qué había sido de todos nosotros?